고양이만 몰랐다

고문현

2016년『한국문학예술』신인상 수상으로 등단(시)
2017년 월간『시사문단』신인상 수상으로 등단(수필)
제주시 '인문학과 함께 하는 정류장' 시 선정
북한강문학제 추진위원 역임
현) 한국문학예술 제주지부장, 영주문학회 부회장
　　한국문인협회, 제주도문인협회 회원

kosimon@hanmail.net

고양이만 몰랐다

2021년 9월 30일 초판 1쇄 발행

지은이　고문현
펴낸이　김영훈
편집인　김지희
디자인　나무늘보, 부건영, 이지은
마케팅　강지인
펴낸곳　한그루
　　　　출판등록 제651-2008-000003호
　　　　제주특별자치도 제주시 복지로1길 21
　　　　전화 064 723 7580　전송 064 753 7580
　　　　전자우편 onetreebook@daum.net　누리방 onetreebook.com

ISBN 979-11-90482-77-6(03810)

이 책은 제주특별자치도, 제주문화예술재단의
2021년도 문화예술지원사업의 후원을 받아 발간되었습니다.

값 10,000원

고양이만 몰랐다

고문현 시집

한그루

시
인
의
말

별이 꿈이요

꽃이 기다림이었던 시절

가슴 깊이 묻어나는

그리움을 전하고픈

여드름쟁이 소년은

감수성이 부족하여

시인의 노래를 빌려

사랑을 고백하였고

연애편지가 서툴러

사랑꾼 황진이의 시조를

밤새껏 썼다 지웠다

한낮 태양이 없는 적막함에도
깊은 밤 별이 없는 어둠에도
싹은 눈트고 초록은 올라오고 있었다
마침내 서투른 언어들이 노래가 되고
어디선가 나의 시가 들리어올 때
비로소 내가 시인임을 알 수 있었다
첫 시집
첫 경험의 신선한 감동에도
왠지 모를 허전함이 밀려들지만
유의미한 계절의 들머리에
빛이 내린다.

2021년 9월에
고문현

차례

1부

기억의 시원
始原

금단禁斷의 선線

서로 다른 금단의 선
이념이 그은
철조망을 넘으니
자유인이 되고
신이 정한
금줄을 넘었더니
한 쌍이 되었다

에피타프epitaph *

까마귀 울음소리 소란한

잃어버린 마을 언저리

스러진 무덤에

이름자 희미한 고인의 묘비명

전사자는 저의 약혼자랍니다

우리 끔찍이도 사랑했답니다

여신들도 질투할 만치

아름다운 사랑은

꽃봉오리도 터지다 멈출 만큼

눈부시게 찬란하였습니다

T-34 탱크의 포탄에 젊음이 지기 전까지는

아픔의 세월에는 녹이 슬고

하늘 가까이

피 밴 철모에도 꽃 피는 계절이 오면

잊힌 묵뫼에

또 하나의 작은 에피타프epitaph

미망인, 못내 그리다

마침내 영원히 잠들다

* 에피타프(epitaph): 묘비명.

아리송한 자태

나무 꼭대기에 취한
저 미묘한 자태는
기다림인가 부름인가
떨리는 맘결 알려 주고 싶어
입술을 꼭 다물고
눈으로 말한다
사랑의 덫에 긁힌 가슴
상처마다 색이 다른 것은
시선 탓
목 터지게 지줄대는 소리가
울음인지 노래인지
헷갈리는 것은
생각 탓
꽃비에 가슴 사위며
새 떠난 나무에서 열매를 본다

미소는 행복의 패스워드

남자의 미소가 세상을 밝히는
빛이라면
여자의 미소는 생명력을 불어넣는
열기다
빛이 없는 세상은 공포의 도가니요
온기 없는 생물은 이미 주검이다
빛과 열기는
합치면 무한 에너지요
나뉘면 파멸의 씨앗이다
빛과 열기
남과 여는
주께서 특별히 신경 쓰신 피조물이며
미소는 천국으로 드는 패스워드다

인연이란

입만 방긋했을 뿐인데
그늘진 가슴에
솔솔 이는 그리움
앙상한 가지 사이로
카키색 머플러만 나풀거려도
심쿵 심쿵
눈치 빠른 고양이들
흔들리는 그림자를 피하여
담 넘어 몸을 웅크린다

카오스의 시대

신성한 정의를 지키기 위하여
탐욕의 눈을 가리고
풍정風情을 멀리해야 함에도
세사에 현혹되어
테미스가 눈을 뜨자
저울추가 오락가락하고
음모가 난무하는
카오스의 시대를
저항 없이 살아야 하는
선한 자의 눈 감은 양심을
울리는 목탁 소리
"에 푸르 시 무오베"*
정의는 죽어도
진리는 살아있다

*에 푸르 시 무오베: 그래도 지구는 돈다.

수난受難의 바벨탑

바벨탑이 멀쩡하게 서 있다

언제부터인가
언어가 같아도
말이 안 통한다
서로서로 마주하는 삽질로
꽉 막힌 장벽을 뚫었더니
언어와 말이 소통된다
엉킨 실타래의 매듭이 보인다

가슴앓이

계절의 끝자락에서

마지막 열기에 취해

붉게 타 버린 시절이 오면

메마른 심장에

태양보다 더 뜨거운

불을 지르고 떠난 사람은

지금 어디쯤에서

아니 슬쩍 눈물을 닦고 있나

임은 가고

추억들만이 머무르는 곳엔

둥지 튼 철새

떠날 줄을 모르고

한겨울에도 꽃 질 줄 모르니

잉걸불에 끓는 차로

가슴앓이를 달랜다

믿음 1

신神은

시험을 하지 않는다고 하였으나

가끔은

믿음을 확인하려 한다

때마다

벌罰이 구원이요

구원이 벌罰이니

당황치 않은

믿음이 곧

신학적 리얼리티다

불면의 밤

페북에 뜬 얼굴이

밤 깊도록

떠날 줄을 모르니

환상幻像에 시달리는 불면의 밤

댓글이 밤을 건너

과거로 유인하면

때 묻은 쪽지에

삐뚤삐뚤 쓰인 글 한 줄

미안해요 어쩔 수가…

생생한 환영幻影에

문득 영혼이 멈춘다

애써 잊으려 하지만

기어이 눌어붙어

잔잔한 달빛에도

가슴에 너울 이는

심란한 밤이다

황혼

노을이 고와야
황혼이 아름답거늘
연일 궂은 날씨에
상한 빛깔이
저물녘을 근심스럽게 하지만
서풍에 밀려난 구름 틈으로
빛살이 번지니
기대가 달라진다

집시의 정령精靈

밤이면 떠도는 불빛 하나
멈출 곳을 못 찾아 유영하다
치고이너레벤이 은은히 들려오는
달무리가 뜬 들녘
짙푸른 월계수 꼭대기에 앉아
불빛이 된 집시의 정령精靈
타향에서 오늘도 하룻밤
끼 넘치는 춤과 애조 어린 노래는
밤낮을 빛 따라 끝없이 유랑하는
집시의 내력來歷을 말하지만
그래도 그들에게 있어
내일은 의미 있는 미래이기에
떠도는 자의 동녘에도 서광이 비친다

역사歷史의 시원始原

신의 영역 밖

인연의 땅

역사의 시원始原에 서면

쿵쿵거리며 빨라지는 심장 박동 소리가

때 낀 유물을 떠나 내게로 전이된다

그곳에는 말이 없이도

분위기에서 표출되는 신비 이상의 메시지가 있다

역사의 붕괴에도 꺼지지 않는 소망

궁녀의 가얏고 소리에 달빛이 지고

스핑크스는 졸고 있지만

침묵보다 더 강한 표현은 없다

다문 입술 눈으로 말하지만

갈림길에 선

두 사학자의 결이 다른 목소리는

언젠간 드러날 비겁한 변명

덧없는 세월에도

슬픈 영광의 화신

부서진 궁전 기둥에 작은 화석은

비밀의 문을 열 열쇠다

곤란한 눈짓

축제의 밤이 깊어 갈수록

색다른 분위기를 연출하는

빠른 춤곡이 분위기를 달구면

감성을 휘젓는 미묘한 흥분에

엉덩이를 살짝 흔들고 싶은 충동은

원초적 본능

낯선 남자의 부탁은

아닌 줄을 알면서도

절레절레 대신 머뭇머뭇

어정쩡한 대답이 만든

긴장의 서막에

흔들리는 인생

사랑의 담론談論 2

밤이 열리던 날
당신의 눈빛이 너무 뜨거워
어쩔 수가 없었다
쉽게 다가오지 말라는 새침은
오히려 사랑을 부르는 절규
헤어날 수 없는 위험한 쾌락에
격렬해지는 사랑의 희열
밤의 한기에 고독이 짙어질수록
수줍게 하는 사랑의 표시
함부로 괴롭히지 말라는 말은
황홀한 유혹의 허영
달이 지는 고통에도
사랑은 번민하는 기쁨이다
악마의 육체에 빠져
지옥에 간 목자
타락의 밤을 기다리는
행복한 몽상가가 되었다

소녀상 小女像

문 앞에 꼿꼿이 앉아

침묵하는 소녀의 아픔을

아니 본 체하기란 참기 힘든 고통

피부색은 달라도

한결같이 쏟아지는 손가락질

그럼에도 당사자는

목 디스크 핑계로 고개도 아니 숙이고

빨간 동그라미로 눈을 가려도

양심까지야

소녀의 어깨 위에는

진실을 토하는 빛 고운 파랑새

이리저리로 겨운 눈치레에 빨피*가 된 채

사진 모델이 되어버린 소녀는

할머니가 되어서도 노리개의 운명

총검에 베어진 꽃들이 태평양에 너울너울

떨치지 못한 과거를 혼자서 안고

소녀는 상像이 되어 지켜본다

용서를 위하여 빈 의자를 옆에다 두었다

*빨피: 체력이 매우 적은 상태를 이르는 말.

순결의 꽃

처참히 꺾어진 백합화는
우리를 슬프게 하고
몰래 꽃을 탐하다
드러나 버린 진실이
너무 무거워
눈 감은 자의
희극을 위하여
버젓이 가슴에 단
흰 국화에서
정의의 끝을 본다
백합화의 흰 순결에
용서를 빈다면
얼룩진 양심에
까만 리본을 달자

주인공의 참회록

그 끝이

언제일까 하던

한 편의 소설이 끝나려 한다

성취감으로 오는 기쁨보다

여기서 멈춰야 하는 섭섭함

꽃 피고 푸르던 산야는 황량하게 시들어 가고

분노와 슬픔에 지새던 밤도 동살이 비쳐든다

그 많던 등장인물들이 하나둘 사라져가니

되레 주인공이 초라하다

흰옷에 물감이 안 묻으니 그림이 안 된다

소설책에는 부고장이 없어

때가 아닌데도 먼저 져간

조연들이 고마워 위패를 만들었다

사람들은 후일

이를

주인공의 참회록이라 이름 불렀다

2
부

고
뇌
의

퍼
포
먼
스

침묵의 정계비

정계비의 처절한 비극은 아픔의 역사다
힘의 논리대로 고쳐지고 닳아지면서도
묵묵히 현실을 지켜봐야 한다는 것은
신의 내린 최고의 형벌
다친 비碑는 맺힌 한이 너무 커서
오늘도 침묵은 할지언정
드러누울 수가 없다
구겨진 역사가 바로 설
그날을 기다리며 수백 년을 그렇게
믿음은 불안하지만
가장 강력한 힘이다
별안간 반도가 둘로 잘리더니
백두마저 둘로 갈려
반은 빼앗기고
천지天池조차 동 서해로 나눠 흘러도
DNA가 같으니 서로 하나인 것을
생각의 퍼즐을 맞췄더니
태평양이 하나의 푸른빛으로 물들었다

망자의 넋

해어진 군화에도 들꽃은 피었는데

무덤도 없이 산하에 뿌려진 주검들

불쌍히 죽어서도 방황하는

영령들의 안식을 위하여

기도하는 성자의 순례

고요함에 소리마저 잃은

터널 숲을 지나

빛이 비치는 언덕에 오르면

산 너머로

눈길은 허락하되 발길은 멈춰야 하는

약속의 땅을 앞에다 두고

아쉬움을 접고 제문을 쓰는데

순간 영혼을 깨우는 울림

핏빛보다 짙은 입맞춤으로

붉게 녹슨 빗장을 열라는

망자의 넋

불타는 입술

빨갛게 불타는 입술은

애수의 눈짓인가?

회한의 몸부림인가?

아니면 유혹의 언어인가?

서글픈 상념의 눈물로 삭인다

포로가 된 시인

야생 자두보다

더 시큼한

톡 쏘는 눈빛에

포로가 된 시인은

그녀가 남기고 간

상처를 치유하고자

빈 종이에 순수를 썼지만

자꾸만

떠오르는 관계가 괴로워

미움보다

더 큰 그리움에

하지만

이제 아주 떠나라고

여인이 사랑했던

상큼한 그린 모히또로

가슴을 씻어도

별빛이 너무 빛나니…

소녀의 꽃말

허물어진 맹세에
순결은 고이 지고
흘린 눈물은
꽃으로 피어나서도
소녀의 꽃말은
당신을 믿습니다

늙은 실향민의 퍼포먼스

눈을 감는다고 잊힐 리 없고
손 내젓는다고 잡힐 리 없다
서럽도록 부른다고 올까마는
두고 온 정분들이
아직껏 밤마다 꿈에 밟히니
석양에 물든 늙은 실향민
실선 한 줄에 꽉꽉 막힌 땅
하늘길로라도
자유로이 오가고 싶은 소망에
달포에 한 번,
잿마루에 올라 연날리기 퍼포먼스

광장의 바람

광장에 바람이 인다
부는 바람에
불이 꺼지기도 하지만
더 세게 일어나기도 한다
성난 바람에 맞서려 하지 말고
달래려 하라
정의의 바람 앞에 꼼수란 없다

약속의 날

무채색의 논리에 왜곡된
유채색의 광장에도
밝은색이 들게 할
희망의 붓칠을 할 사람은
지금 어디서 무얼 하고 있을까
고난의 땅에서 몸을 달구나
성전에서 묵상 중이실까
시간이 너무 오래인 듯합니다
자만에 취한 그들은
타인의 눈을 잊은 지 오래이고
저물녘 노을이 져도
그칠 줄 모르는 광대의 춤을
멈추게 할 불을 어서 밝혀주오
약속의 날이 어둠에 잃을까
믿음이 흔들립니다

입방아

뱅글뱅글 바람개비
돌고 도는 입방아
바람 없이도 잘도 돈다
고장난 소리가
하도 시끄러워
닳은 귀를 막으니
부르는 소리가 없어
혼자가 되었다

새는 나무에서 노래한다

홀로 남은 홍엽紅葉 하나

가을바람에 흐느끼는 날이면

한 줄의 손글씨에

고스란히 묻어나는 그리움

포근히 녹이려

목소리 고운 새를 길렀더니

노래는 아니 하고

눈물 없는

처절한 울음이

너무나 속상하여

새장 문을 열고서야

새는 나무에서

노래하는 줄을 알았다

밤의 연가

성가시도록 달빛 고운 밤
구름마저 없으니
휘영휘영한 마음은
아련한 이름에도 울렁울렁
불현듯
찾아드는 빨간 유혹에
궁금한 가슴
이리저리 두들겨 보지만
타는 열정은
그칠 줄을 모르니
핸드폰을 열고
키패드를 마구 누른다

황제의 귀환

꽃이 지는 계절에도

철새는 돌아오고

별은 빛난다

저버림에도 언제나 없이

깃 찬란한 백조

황제의 귀환

밀려드는 적막감에도 아랑곳없이

하늘 가까이 꿈 서린 산머리에

사뿐히 상념의 날개를 접고

연가의 못에 빠진 왕비를 찾아

몸 시린 자맥질

황량한 밤하늘 북녘엔

저주받은 미녀 카시오페이아가

북극성의 길목에 자리하여

여전 아름다움으로 막아선다

어둠이 내려도

여광餘光이 다하지 않는 세상

기대되는 온기가 돈다

어쩌다 이런 일이

아무리 그래도

거울이라도 보고 올 것을

지울 수 없음을 이미 알지만

닦는 시늉이라도 했더라면

티를 감추기에는

물이 너무 맑으니

어찌하오리까

비친 흠집을

모른 체하기에도

모른다고 하기에도

어쩌다 이런 일이

맑은 물을 탓하랴

흠집을 탓하랴

분노의 바람에 관冠을 벗으니

그대 초라하기 그지없어라

위험한 편견

매 하나임에도

까마귀 소리는 울음이라 하고

백조 소리는 노래라 한다

타고난 숙명이라 하기엔

받아들이기 힘든 고통

편견이 커지는 만큼

애달픈 울음엔 날이 서고

노래엔 거만이 실린다

수평선에 걸친

황홀한 노을빛은

색의 조화

색 검은 까마귀와

흰 백조의 엇갈린 운명은

색의 충돌

자줏빛 신비

처녀의 모호함은 자줏빛 신비

궁금증을 자아내는 수줍음도

우미한 긍정

그럼에도 호젓한 밤이면

설렘을 달래며

사랑을 알아보려

혼자서 몰래 별점을 본다

분홍 점괘에도 뻔한 거절은

여자의 원초적 본성

슬쩍만 건드려도

예민하게 반응하는

미모사를 닮은 여심은

밤안개에 덮인 연모의 정

분재盆栽 삼매경三昧境

분 속 한 뼘의 땅에서

수려한 자연의 멋을 자아내는

천년 노목 그늘에 앉으니

상념은 서늘히 젖어들고

꾀꼬리 가지 끝에

가벼이 날아 앉아

부르는 노래

시혼詩魂을 자극하는데

담 너머 풍기는

누룩 익는 냄새가

붓대를 어지럽게 한다

무덤에 뜬 별

피에 젖은 조국을 품어 안고

밝은 별이 진 자리에

비문 없는 빗돌이

들꽃처럼 솟아올라

그날의 아픔을 말한다

가슴 식힐 눈물마저 마르고

굵은 빗물이 묘비를 씻어 내리면

검은 예복 차려입은 까마귀 혼자서

기억이 쇠해가는 무덤에 올라

외다리로 목이 메도록 소리 높여 까악까악

혼돈이 뒤범벅된 남녘땅에선

모두가 환각의 빛에 취하여 시시덕시시덕

기세로 붉게 물든 북녘 하늘에선

그때보다 더 크게 울려오는

피를 부르는 소리에

다친 비석이 벌떡

초병은 죽어서도

쉬이 조국 하늘을 떠나지 못한다

3
부

그리움의 길목에서

화폭 속의 여인

고운 얼굴에 그림자 드리운
반 벗어 홀로 누운 여인이여
넘어진 술잔이
숨은 사연을 귀뜀한다
휘청대는 줄다리 건너편
원시의 봉우리에 핀 꽃도
뚝 꺾여 있음은
무슨 일이 있었음인가
심한 몸부림에 타는 입술
실바람에 짙은 향이
감각을 자극하지만
들러 볼 곳이 없다
이렇게 잊은 지가
이미 오래여라 하여도
후회 없이
그대 화폭 속에 누워 기다리리라

꽃잎 지는 밤

꽃잎 지는 밤

정념의 샘에 물든 타락

신사의 비열한 행동이 미워

속을 보여주고자

숙녀는 옷을 벗었다

유리창을 타고 내리는

흐느낌이 그려 낸

원시림처럼 거칠지만 풍만한 추상화

여자의 눈물은 그 자체가 오묘

발칙한 이 밤을

서글픈 연민의 정으로 지우니

숫제 시원한 기운이 돈다

꺾어진 꽃향기가 남기고 간

깊은 밤의 여운

달빛에 드러난 속가슴을 감추려

슬픈 노래를 불렀다

아내에게 바치는 연가

꽃밭 속의 꽃이 하도 고와

얼른 꺾고 보니

아내의 얼굴

대소한에도 몹시 뜨거워

무심코 손대 보면

아내의 사랑

긴 기다림을 깨우는

컬러링보다 더 사뭇 반가워

엉겁결에 돌아다보아도

아내의 목소리

사랑한다 고맙다는 말은

너무나도 부족하여

십자가 앞에 두 손 모아

감사의 기도를 올린다

거룩히 떠나라

좋은 기억이 다하기 전

신이 주신 기회

시간이 허락할 때

얼른 떠나라는 말씀은

또 하나의 구원

시뻘건 석양의 유혹을 감히 떨치고

땅거미가 시계탑을 덮기 전에

그대의 긴 그림자로

살찐 대지를 덮어

설레는 마음을 추스르고

귓전을 울리는 미련일랑

성당의 종소리로 묻어

별들에 맡기고

지는 해처럼

거룩히 떠나라

우아한 내일을 위하여

가슴에 지는 꽃이파리

달빛이 은은한 밤이면
바람 없이도
가슴에 지는 꽃이파리
쌓이니 설움이요
털어 내면 아쉬움이라
에 에라 그냥 묻어 두고
이 한밤
꽃이나 벗하자 하였더니
칵테일에 뜬 블루문
푸른빛에 취한
밤의 연가에
꽃잎이 사르르
테마가 있는 한밤에
봄바람이 인다

소녀도 여자인 것을

소녀인 줄만 알았지

여자인 것을 깜빡했다

그 아름다움도

그 향긋함도

낯이 부끄러워

밤이면 슬쩍

어리는 진실들이

우리가 다 보았다고 생각했던

달의 그것처럼

기껏 뒤쪽뿐인 것을

소녀는

미처 다 못 보인 채

비켜 가는 시선에도

못내 아쉬움을 거두고

여자이기에 꽃말로 불러주기를…

마른 눈물에

꽃 지고 나서야 알았다

밤이면 가슴 울리는 목소리가

소녀인 것을

창백한 회상

가슴에서 부는 바람에
달빛이 일렁이는 밤이면
고적한 산기슭 억새 숲에선
정분이 익어간다
억새꽃 풀벌레 가락에 맞추어
흥겹게 춤을 추다
보고픈 추억 참지 못하여
하얀 울음을 토해낸다
주린 그리움에
밤이슬이 가랑가랑하도록
외딴 경지에서 시달려도
골을 넘지 못하는
가슴 저린 한 자락 비가悲歌
낮달에 걸린 창백한 회상은
창공을 향해 애원하는 듯
새품,* 은빛 파도가 인다

*새품: 억새의 꽃.

가을 속으로 떠난 사람

낙엽 밟는 소리도 없이
가을 속으로 떠난 사람
예고된 작별이라 하나
헤어짐은 슬픔이다
그리움을 닦으러
빛이 없는 어둠 속으로
자리를 옮겨도
발길 따라 마음이 움직이지 않음은
다 미련 탓이라
이제는 잊어야 할 시간
검은 밤이 외롭지 않도록
월견초를 심어 보리라
그리고 반딧불이도 잔뜩 불러 모아
기다림을 밝혀 줄
불빛 정원을 만들어야겠다

봄뜻이 드리우면

봄이 오면
묻혔던 것들이 소생하고
잊혔던 것들이 다시 돌아온다
새들의 합창과 꽃들의 떼 춤은
봄을 여는 서막
환호 환호의 열기 속에
하늘 높이 구름 너머로
불로 무장한 태양이
빛을 몰고 오면
생명을 위협하는 언 땅에도
푸른 아지랑이가 모락모락
주술에 걸린 거인의 등에 가려
열도 빛도 잃어버린
고난한 시인의 마당에도
봄뜻이 그윽이 드리우면
연초록이 은은히 돈다

사랑은 모른 체하는 것

나만의 시간은 달빛에 젖고

느낌 다른 함박눈이

그침 없이 문전에 내려 쌓이는 밤

잠 못 이룬 가슴에 이는 파문 너머로

눈밭에 선한 그리움이 도지면

그녀의 최면에 걸려

불 켜진 창문 앞을

서성거리다 가는 것을

그 또한 알면서도

사랑은 모른 체하는 것

밤눈 위에 거꾸로 난 발자국은

이별의 암시인가?

약속의 표시인가?

질퍽질퍽 눈 녹는 소리에

생각이 많아진다

아름다운 절제

오솔길에 핀
꽃송이를 보고도
꺾지 않고 지남은
이어 오는 사람이
섭섭할까 하여서요

기다림에 사무치는 당신이지만
애써 멀리해야 하는 몸부림은
꽃이 피는 열기에
임이 마음 상할까
어쩔 수가 없었다

아픔 없이는 꽃을 꺾을 수가 없네

화려한 아름다움에

첫 번째는 찬사를

두 번째는 욕망을

끝에는 한없는 질투를

여신 헤라가 아니라도

줄기에 가시를 박을 수밖에

끝없는 미의 욕망은

흘린 피를 먹고

더욱더 빨갛게

꽃의 여왕으로 피어났지만

덧씌워진 저주의 가시관은

또 하나의

피할 수 없는 숙명

그 후론 아픔 없이는

꽃을 꺾을 수가 없다

숙녀의 과거

스쳤을 뿐인데
짜릿한 전율은
알 수 없는 끌림
첫눈에 빠져
포기할 수가 없다
하지만 인연의 한계는 거기까지
멀어질 수밖에
아프지만 감미로운 한때였다
잃어버린 시간을 찾아서
기도하는 가을 여인
꽃점으로 미래를 살피는
숙녀의 과거를 훔쳐보지 마세요
사랑의 저주가 풀리고
순결이 진 골짜기에도 봄볕이 드니
돌보지 않은 가시나무에도 꽃이 피었다
맨 처음처럼 순수하다면
다시 한 번 미소를 드립니다
관심 없이는 제발 가만두어 주세요

마법 풀린 무덤

타는 폭양 아래

초목은 타들고

땅은 죽어가도

시는 살아 있다

노래하라 그대여

초록의 동산에

피는 희망을

소리 없는 어둠이

절망이라 할지라도

두드리고 두드려라

신범의 울림이

아침을 열면

마법이 끝난

가시 돋친 무덤에 동살이 든다

소년과 소녀

첫눈이 내리는 날
저녁 종이 울릴 때면
교목校牧 청솔 아래로
오겠다던 약속
혹시나 하는 믿음에도
붉은 입술은
소녀의 조숙함인지
시린 볼이 달아오름은
소년의 미숙함인지
좋아한다는 말이 없이도
마음에는 벌써
핑크빛 춘화가 꿈틀거린다

분재 盆栽

그 숱한 세월과 역경을

끝없는 다듬질로

승화시킨 푸른 생명

한 뼘의 땅덩어리에서도

만족할 줄 아는

수행자의 혼이 녹아든 풍채는

가히 주인을 닮았다

척박과 시련은 진통일 뿐

창포물에 씻은 머릿결보다

더 윤기 도는 잎새

용틀임한 뿌리

거북등 같은 수피는

어느 지사志士의 환생인가

희뿌연 순정

순백이 아닌 희뿌연 색이지만
하여도 검정은 아니랍니다
그렇다 하여 아주 희지도 못하기에
더는 변명이 될까 하여
사뭇 두려워
얼굴이 화끈화끈
가슴은 쿵쿵
믿음이 떠난 웅덩이에 고인 불신
의혹은 의혹대로
기대는 기대대로
생각의 경계선에서 위태 위태
나무 없는 비탈에서
세차게 흔들어 대는
그대 이름은 흑풍
검은 낮에도 꽃은 피건만
알 수 없는 색상에
맘 졸이는 부유스레한 날이다

첫눈은 그리움

첫눈은 가슴에 내리는

순백의 영혼이다

뜨거운 젊음은

흰빛의 황홀경에 들떠서

잿빛 회상에 젖어

밖으로 밖으로 나선다

첫눈이 내리는 날이면

청춘의 열망은

꿈속으로 빠져들고

청춘의 회한은

연민으로 젖어 든다

커플의 열정에 밤은 짙어만 가고

솔로의 고독에 눈은 쌓여만 간다

4
부

밤이 너무 환하여

태양은 식지 않는다

사랑이 버거운
소녀의 순박한 당부는
주저하는 마음을 헤아려
한 걸음만 참아 주세요
달이 구름에 묻힐 때까지만
관심은 엿보는 게 아니고
지그시 기다리는 것
간곡한 청請에도
사랑의 마력魔力에 물든 밤
솔깃한 맹세에 무너진 순결
비난받는 순정이지만
진심으로 사모했기에
화장을 고치지 않았다
당신이 내 맘에 머무르는 한
태양은 식지 않는다

기억의 편린片鱗들

단풍이 드는 줄만 알았지

미처 가지를 떠날 줄이야…

낙엽 지는 소리에

잠 못 이루는 밤

한결 별이 빛나니

어렴풋한

과거의 편린片鱗들이라도

조각조각 모아 볼 수밖에

쓰다만 편지

그냥

읽을 때는

몰랐지만

펜을 들고서야 알았다

절절한

그대 속마음을

막힌 손 놓고

기쁘게

미 투me-too

구겨진 신문도 뉴스다

구겨진 종잇장이지만

반가이 기다려짐은

세상 궁금한 것들이 다 모여 있고

그들의 여러 이야기를

속살까지 볼 수 있어서다

헐거나 말거나

오래되면 실록이요

새것이면 뉴스다

적나라한 필치에

칭찬 반

미움 반이지만

절절한 기다림이다

사실이 진실이기에

G 선상의 아리아

풀잎에 누워 부르는 노래는
하늘에 별이 되고
땅에 흘린 눈물은
실개천이 되었다
별 하나
눈물이 그리워
호수에 뜨면
별을 찾아
띠배를 띄운다
봄바람에 이는 비늘 결
뱃전에 부딪히는 소리는
G 선상의 아리아가 되어
하늘과 땅을 잇는다

가시에 긁힌 연분

증오와 연민의 두 갈래 길에서
이별의 입맞춤이 필연이라 해도
진정 가슴을 허한다면
곡절을 가리지 않으리
언제 어디에서든 기꺼이
노란 손수건 목에 두르고
소원을 비는 순례자가 되어서라도
영루零淚에 녹슨 빗장을 열리라
달빛에 데인 입술 자국
내내 못 잊어
그리운 월담은 사랑이요
욕심에 찬 월장은 도둑이다
붉은 장미 영창에 닿도록
달여 온 사랑도
맡으면 향이요
입 대면 독이라
하여도 진한 입맞춤은 아름다운 가약
가시에 긁힌 연분 벌겋게 물들이리라

담 너머 그대 가슴으로

굳이 사랑이란 말은

너무나 어색한 고백

와인 빛 입술만 보아도…

마음에 불을 질러놓고

문 닫고 뒤로 꼭꼭 숨어도

대문 아래로

미처 드러난 치맛자락에

감춰 둔 속내가 한들한들

결 다른 눈짓에

훨훨 타는 불길

담 너머 그대 가슴까지 번질지 몰라

밤이슬로 식혀 보지만

별빛에 그슬린 화상만 진하게 남았다

표류자 블루*

고립은 경이로운 두려움

혼자라는 것은

무인도에서나 도시에서나

소름 끼치는 공포다

솔로의 우울이란

혼술의 낭만 같은 것

고적한 밤하늘엔 유성이 지고

가슴엔 희망이 진다

멀리 있는 사람이 더 그리워지는 것은

우리가 모두 사람이기 때문이요

어머니와 함께한

살냄새 진한 추억인 까닭이다

*표류자 블루: 표류자 우울증.

또 하나의 민낯

거룩한 안식일

모처럼의 휴식을 깨는

의아한 컬러링 따라

창에 뜬 이름이

관계만큼이나 생경하다

잊었다 싶었는데

여느 때 없이

괜한 친한 척하지만

이유는 하나다

기호 몇 번 꼬옥 부탁

그리곤 뚝

나는 오늘

또 하나의 민낯을 본다

몇 년에 한 번 피는 꽃에도

이름은 있었나 보다

주담 酒談

술이 싫은 까닭은
한 잔 한 잔에 자꾸 도지는
그리움이 짙어서
그래도 술이 좋은 까닭은
술잔마다 떠오르는 얼굴이
빙긋이 반가워서

얼굴이 붉어질수록
한 뼘씩 멀어지는
그대여
잡자 하니 사랑이요
두자 하니 안타까움이라
이 마음 둘 곳 없어

얼굴 희미해진
막잔마저
원샷
모든 게 비어 난
컴컴한 어둠에서
마음을 엿본다

찬란한 집념

지칠 줄 모르는 도전을

집념이라 하였던가

탈수록 능선은 세기만 하여도

봉우리가 예서 저긴데

승리의 월계관을 향하여

공포의 본능을

도전으로 이겨 낼 수밖에

젊음의 최대 가치는

쓰러진 만큼 일어서는 것

그은 얼굴이

불타는 승부 혼을 대변한다

찬란한 결과는

소금기 짙은 가슴에 품은 대지

무표정이 어렵다

한발 내디디면

한발 물러서는 것만 같아

괜한 물음표가 붙는 것은

나만의 착각일 거라는 것을

마음속으로는 알면서도

얄밉도록 고운

무표정이 어려워

멀어졌나 생각하여

한참을 가다

돌아서 보면

아직도 그대 곁이다

기껏 화장하는 시간인데도

행복한 지루함이다

멜랑꼴리한 유혹

짙은 눈빛이

강렬한 자극에

뜨겁게 반응하는

멜랑꼴리한 유혹은

독 묻은

큐피드의 화살이라 할지라도

가슴을 열고 기다리다

타는 입술에 묻혀

원 없이

한 줌의 재가 되리라

기사騎士 아마디스의 고뇌

오! 그대여

침묵하는 야성을 건드리지 말아 주오

사랑의 여신

아프로디테보다 더 매혹적인 그대

흑진주보다 영롱한 눈동자엔

그윽한 열정이 서려 있고

장밋빛 입술에는

여신보다 더 불타는 사랑이 이글거려요

조금만 다가서면

볼록한 가슴이 밋밋한 가슴을 건드릴까

하는 가쁜 두려움도

농익은 복사빛 얼굴이 받치는 쌩끗 눈웃음에

나는 그만 녹아버려요

그대여 이제 그만

나에게 자유를

그대를 가슴에다 두고

이성과 감성에 몸부림치는

기사騎士 아마디스보다는

차라리 고통을 안고 사는

미녀를 사랑한 야수野獸가 되렵니다

무슨 꽃을 띄울까요

때 묻은 시집

책갈피에

낙엽을 두고 떠났던

순정파 소녀

빨간 머플러에

장미를 달고

함박눈을 맞아서 오면

김 서린 커피잔에

무슨 꽃을 띄울까

고민이 많아진다

부부 夫婦

비무리 하늘을 덮어

낮 하늘 어두룩* 허니

난간에 신발 벗고 나란히

봄비에 젖은 가슴

어수선하기만 한데

부침개에 막걸리 한 상 뚝딱

시절을 모르는 센스에

방싯 눈웃음

볼 빛이 발갛게 달아오르기도 전

빗소리 여리어 가니

단비 그칠까 가슴이 철렁

*어두룩: '어슴푸레'의 방언(제주).

여자이기 때문에

불상 전에서도
십자가 앞에서도
심지어 무당에까지
빌고 또 비는 아낙의 속셈은
속죄인지 염원인지
그 무슨 잘못이 있어
욕심이 그리도 많아
남편은 뒷짐지고 떡 하니
부녀자만 백 날을 삭삭
드디어
통하였는지
부처님은 빙긋
하느님은 양손 번쩍
무녀는 신명나는 칼춤
그래도 끝내 못 미더워
다시 빌고 또 비는
가시밭길 여자의 일생

5부

별자리가 심상치 않다

고양이만 몰랐다

목에 반짝이는 펜던트 한 저 귀족 고양이 길을 잃었나,
버려졌나.
울담 넘어 이집 저집 돌아다녀 보아도
집이며 사람이며 친숙한 게 하나도 없다, 라고 쓴다.
그리고 나, 라고 읽는다.
오줌 냄새도 없으니
영역을 잃어버린 멸족 왕가의 황태자, 라고 쓴다.
그리고 나, 라고 읽는다.
쥐 잡을 줄도 모르고 애완동물 먹이 가게 앞에서만 진종일 서
성거려도
아는 체하는 이 아무도 없다, 라고 쓴다.
그리고 나, 라고 읽는다.
카네이션마저 달아주던
그 주인의 품 안엔 갖고 놀다 버려질 또 다른 고양이 안겨있
네, 라고 쓴다.
그리고 나, 라고 읽는다.
먹구름 밀려올 훗날도 모르고 잠든 고양이
뒹구는 폐건전지처럼 언제부터 고양이가 소모품이 되었나.
재롱떨며 함께 걷던 산책로를 홀로 헤맨다, 라고 쓴다.

그리고 나, 라고 읽는다.
사람의 얼굴이 두 개인 것을
고양이만 몰랐다.
매무새 다듬으며 스킨십을 나누던 언덕에
언제부터인가 물망초가 피기 시작한다.

욕망의 꽃

얼굴만으론…

영 미덥지 못하여

마음을 확인하고 싶어

채팅방을 열고

화려한 욕망의 꽃 글록시니아

한 송이를 두고 갔더니

다음 날

그녀의 필사본

"의심하지 말아요"

N. 다니엘의 시가

꽃송이 곁에 가지런히 놓이니

비로소 향기가 가슴팍에 배어든다

세월에 묵힌 그리움

유혹에 빠져 사랑을 몰랐다

순정은 불같은 유열에 덮이고

행복과는 거리가 먼 끝

그 후

안개비가 내리는 날이면

왕방울 눈이슬에 괴인 미련

더 이상

새소리가 노래가 아니고

꽃이 꽃이 아닌

그저 울음이요 풀 한 포기일 뿐

세월에 묵힌 그리움이 사랑이 되었을 때

물 마른 실개천에 나앉아

추억의 발 담그고

버들잎을 하나하나

띄우면 띄우는 대로 흘러서 가고

내 마음은 산산이 부서진다

백조의 순정

심심한 임의 눈동자 앞에다 두고

검은 다리 물속에 담근 백조

촉촉한 노랑 부리로

뉘앙스는 로맨틱하게

팩트는 허옇게

소외당한 순정

호수에 어리는 영롱한 눈물 꽃

깃 젖은 아담한 파란에도

현란한 솔로의 향연

물꽃 한 송이 피었다 졌다

빈 호수에 이는 물노을

입 다문 진실

몰랐다 할까
아니었다 할까
아무리 우겨도
그게 그거고
다 아는 것을
한사코 고개를 내저어야 하는
가여운 인생도 삶이다
빛이 두려워
어둠을 택했더니
봉우리마다 별빛이다
하늘 아래 눈빛마다
의미 있는 시선이다
계속되는 정적靜寂에도
들리는 것이 있다

인생 2막의 키워드

이제는 떨쳐야 할 말
그럴 수가
새로이 받아들여야 할 말
그러려니
세상 이치가 다 그러하거늘
미처 몰랐다면 실수요
알았다면 다행 아닌 다행
인생 2막의 키워드는
그럴 수가
그러려니
고개를 떨구며
그럴 수가
하늘을 보며
그러려니

태극기와 촛불

태극기. 촛불.

피 끓는 정열의 단어

촛불로 태극기를 불사르려 하지 말고

펄럭이는 바람으로 촛불을 끄려 하지 마라

태극기는 탄생

촛불은 부활

손에 손에 태극기를 들고

하나로

촛불을 켜고

어둠을 밝히자

태극기와 촛불

그 필연은 환상의 하모니

어울림 광장에

비가 그치더니

햇살이 비치고

그리곤 무지개가 뜬다

서로서로 얼싸안고 더덩실

사랑의 왈츠

거부하는 입술이

너무 뜨거워

컬러링을

사랑의 왈츠로 바꿨다

사랑이 아닌 왈츠가 없듯이

당신을 노래한 시가

왈츠가 되고

사랑이 되었다

사랑은 피를 데워주고

따스함은 행복이다

말로 하기엔

무어라 어떻게…
말로 하기엔…
쑥스러워…

좋아한단
말 대신
씨익-

차마
못 잊을 때엔
두 눈을 꼬옥

사무치도록 그리울 때면
이 밤이 다할 때까지
카톡 카톡

분노의 허들을 거두자

은총이든 벌이든
내려진 결과는 신성한 것
바라는 바이거나
바라는 바가 아니거나
이제 분노의 허들을 거두고
짙은 어둠을 지우자
반사의 빛이면 어떻고
발광의 빛이면 어떠리
너 나 우리는 충분히 필요한 사람
새로운 부활의 관건은
빛을 어떻게 얼마나 모을 수가
길은 단 하나
뜨거운 열기로 손을 맞잡고
고개 숙여 머리를 맞대는 것
과실은 빛과 땀으로 익는다

꽃잎으로 물들인

갈바람 타고 코스모스
담장 넘어 기웃기웃 몸짓에
얼 나간 고추잠자리
마당 하늘을 뱅뱅
단풍 든 여심을 희롱하면
농익은 가슴을 톡
터뜨리고 싶은 충동에
봉숭아꽃 물들인 손톱으로
처마 아래 잠든 깜둥이 건드리면
와락 품에 안긴다
깊어 가는 가을 햇살에
석류 껍질 벌어진 사이로
벌건 씨를 방울방울 드러내면
아가씨 윗도리 가슴선이 점점 깊어진다

까마귀 목에 걸리라

허한 방위에
방사탑 세워 막고
꼭대기엔
눈 큰 까마귀 올려 세웠다
속 저리는 계절이 오면
동네 어귀에
노랑 실거리낭 꽃이 핀다
할머니 같은 어머니들
성황당에 줄 서서
피 터지도록 부른다
빨갛게 지어간
꽃다운 청춘을
실거리낭 가시에 걸려
반백 년 넘어 정지된 세월에
오늘도 못 떠난
아직도 어린 아들이
허공을 맴도는 소리에
노랑꽃 시든다
손孫이 없는 어머니

늙어 늙어서도 어머니시다

할 수 있는 게 아무것도 없으니

열매 익으면

어린 아들 만나기 전에

묵주 하나 만들어

까마귀 목에 걸리라

첫 경험

누구에게나
첫 경험은 망설임이다
심콩 심콩 하는 설렘도
볼 발개지는 행복도
물망초 같은 아쉬움조차
그렇다 하여도
이 모두가 환희
첫 경험은 빙긋이 왔다
싱긋이 가는 무제無題

약자의 비문碑文

포식자들의 도 넘는 스킨십은

약자들을 조작하려는 술책

힘센 무리가 아성을 지을 때

힘없는 자들은 무덤을 파고 있었다

종국에는 비석을 앞에다 두고

네 탓 내 탓으로 통곡하지만

결론은 때늦은 후회

그들을 불러들인

가련한 자들이

단순한 처신이 문제다

지배자들이 무섭게 진화할 때

피지배자들은 현실에 만족하다

뼈 없는 동물로 퇴화하였다고

비문은 말한다

선열 선혈

유월이 오면

진한 상흔에

비통한 백로

DMZ 남북을 오가며 고고히 나닌다

나라 사랑에 숨겨간 유성우들이

표표히 떠도는 땅에

피 냄새 짙은

선열 선혈

악마의 타오르는 야욕은

반도에 눈 뜬 주검을 남기고

핏빛으로 그어놓은 줄은

지워질 기미가 없다

그때나 여전 변함없이

스트라이프 문신 너머에는

쇳소리가 요란하고

유월 하늘엔 오늘도 먹구름이 잔뜩

사랑의 메시지

가을 햇살에 탐스럽게 익은
사과보다도 붉은
미망인의 꿈 정절은
유혹의 화살을 피해 나가기에는
이미 도가 지났다
눈에 띄는 미모는 살받이가 되고
사랑의 방패는
창이 아닌 사랑에 뚫렸다
나비를 더는 거절하지 못하는
꽃의 안타까운 변심은
새로운 꽃의 탄생을 알리는
사랑의 메시지

가없는 그리움

그리움은 목 길게 내민

한 마리 학이 되어

하늘 저 멀리로…

가없는 연정에

날개 접고 임의 모습으로

가신 길 따라 먼 길을 걸어

길 끝자락에

청초하게 피어

임인 양 다가서는 꽃 한 송이

아니 꺾고

마음에 고이 심어

돌아오면

더 커지는 그리움

긴 목은

하늘 저 멀리로…

나신裸身은 원초적 미

신은 오직 사랑으로
나신裸身을 빚었고
사람은 추악한 이기심에
마네킹에 옷을 입혔다
이브는
에덴동산을 잃은 충격에
벗으면 더 아름다운 것을 잊었다
우연히도 소낙비에 젖은 옷 너머로
드러난 알몸을 보고서야
미의 재발견은 이루어졌다
태초에 그랬듯이
지은 죄가 부끄러워
누드에 옷을 걸쳤고
다시 벗으니
죄도 벗었다
누드는 외설이 아니라
성스러운 아름다움이다

6부

추억 나들이

장미의 숙명

아니라 아니라 믿고 싶어도

눈이 상할 만큼이나 매혹적인 새빨간 입술로

넝쿨을 등 뒤로 내젓는 몸부림이

너무 부담스러워

수려한 미모를 의심할 수밖에

아닌 줄을 알면서도

이제 그만 목쉰 절규에

영혼을 울리는 힘들어하는 눈빛

타고난 아름다움이 이토록 흠이 되어

굳이 보듬어야 할 숙명이라면

차라리 몸에다 가시를 달고

일평생을 기며 피며 살리다

이카로스의 날개

야심의 날개는
추락을 예고하지만
자만은 태양마저 노린다
덧없는 욕망을 향한
이카로스 날갯짓의 끝은
허망한 야욕이 자초한 추락
그리도
태양을 멀리하라던 당부는
허언虛言이 아닌데도
날개 위에 하늘이 있음을
알았다면 만용이요
몰랐다면 숙명

방선문 연가

영주산 줄기 뻗어

장대하게 흘러내린 오등골 한천계곡

옥계수에 보름달이 뜰 때면 하늘나라 신선들

백학 타고 내려와 노닐고

봄이면 계곡 가득 흐드러진 진달래꽃

창가에 아른아른 드리우면 춘심 못 이긴 선비들

백록 타고 찾아 들어

선계와 못 맺을 인연

화전 막걸리 한 사발에

시가로 애소한 마음 달래고

임이 드나드는 방선문 문설주에

구구절절이 깊이 새겨 하소하니

잊은 듯 잊지는 마소서

사뭇 그리워

계곡물에 꽃잎 하나 띄우고 슬쩍 돌아다보니

들렁귀로 오는 것이 봄인가 하였더니 임이었네

보라색 라일락의 고백

오 내 사랑 그대여

보라색 라일락의 고백을 들어 보세요

당신을 알기 전

사랑에 발을 담근 적은 있지만

결코 사랑에 빠진 적은 없었다오

그 어떠한 고통도

그 어떠한 달콤함도

사랑보다 더하지 않고

사랑의 길이 장미 넝쿨 같다 하여도

사랑의 씨앗이 묻혀있는 심해에

깊이깊이 빠져보리라

불꽃 한 송이

기다림에 타는 입술

혼자라서

연하게 입술 화장 한 번

그리움에

진하게 다시 또 한 번

유리문으로 가린 비밀도 비밀

여심을 죄다 알려는 것은

신비의 문을 열려는 죄악

때론 힘들더라도

누드를 훔치려 하지 말고

차라리 눈을 감아

한 송이 불꽃을 피우게 하라

꽃은 가슴에 지고

꽃이

바람에 지는 거야 어쩔 수 없다 하고

탐욕에 꺾이는 거야 숙명이라 하여도

이렇게 모질게도 짓밟힐 줄이야

해도 너무합니다

피우지 못할 꽃이라면

보내지나 말아야지요

어린 싹이

이다지도 허무히 질 줄이야

제아무리 험한 게 세상이고

가는 곳이 천국이라 한들

기껏해야 열일곱 달

이리 수월히 보낼 수가 없어도

할 수 있는 게 아무것도 없다

제아무리 구원이라 하여도

이번만은 미워할 수밖에

땅 탓이라고만 하기엔

하늘도 그리 편치는 않을 듯합니다

분노 忿怒

분노란

삶의 이유가 되기도 하지만

파멸의 지름길이기도 하다

성난 바람은 토네이도가 되며

거센 물살은 쓰나미가 된다

아픔은 간직하되 키우지 말고

상처를 긁는 것은 말려드는 것이다

죄지은 자가 차고 있는 검檢은

잘 닦여 있는 것만으로도 두려움이다

건널목에서의 피할 수 없는 만남

행운과 불운은 입장 차일 뿐

긴장하는 낯빛이 가여워

묵직한 미소를 던졌더니

초점 잃은 눈빛에

그만 맥이 풀린다

태초의 소리

영역을 알리는

남성의 울림소리

짝을 기다리는

여성의 부름 소리

어머니를 부르는

아가의 울음소리

태초에 창조주께서는

소리를 주어 서로서로 소통케 하였다

악인의 저주

선한 믿음이

나의 양심을 지배한다 하여도

혈관에 면면히 흐르고 있는

카인의 피 역시 끊을 수 없는 악연

이 모든 걸 다 알면서도

절대선만을 추구하는 뜻은

구원의 계시인가

선언적 나르시시즘인가

두드리며 걷지만

신의 영역이 하도 어려워

언제든 죄를 범할 수밖에

아니 더 괴로운 것은

구원과 버림의 갈림길에서

그만 빛을 놓쳐버렸다

판관의 야망

천동설天動說이
절대자의 이름을 빈
판결이라 하여도
지구는 돌고 있다
신을 판 불타는 야망은
신을 다시 죽이는 일
예고된 부활의 신비
누가 누구를 탓하랴
어제 사형을 언도한 재판관에게
오늘 다시 한 목숨을 맡긴다
진실을 말하고
결과를 기다린다
하늘을 이용하려는 자와
하늘을 밝히려는 자의
숙명적 만남도
하늘이 마련한 아이러니

봄이 오는 기척

금세라도 터질 듯한
소보록한 몽우리
봄이 오는 기척에
암캐도 꼬리 올려 아장아장

봄 타는 마음
방싯 웃어만 주어도 짜릿짜릿
애교인 줄 알면서도
기분이 다를 수밖에

호랑나비도 졸음에 겨운
정오의 나른한 권태
한 자락 봄꿈에 취하여
봄빛에 얼굴 타는 줄 몰랐다

소중한 인연

꽃비가 내리던 날 밤
여인의 살굿빛 볼에 난
미스터리한 자국은
여러 의혹에도
고상한 신념
둘만의 특별한 시간은
진실한 인연을 위한
소중한 약속이라고
그리고 바람이 불어
꽃잎이 졌을 뿐인데
꽃내음이 퍼질 줄은 미처…
꽃은 꽃이고 싶어
한사코 향기를 풍긴다

사랑의 말로末路

사랑이란 독이 든 사과
격렬한 사랑의 제물
그 희생양은 수컷
목숨보다 귀한 사랑을 위하여
곳곳에 몸을 노리는
포식자가 있는 줄을 알면서도
가림빛 의상을 벗어 버리고
위험에 약한 눈부신 차림으로
사랑을 찾아 화려한 외출
암컷의 잔인한 유혹
사랑의 말로는 무덤

아쉬운 듯

나무를 흔들면

열매를 딸 줄 알면서도

가지가 꺾일까

둥지가 상할까

심한 뒷근심에

아까운 심사를 달래며

침만 꿀꺽하고

아쉬운 듯 고개를 돌리니

둥지 떠난 새가 하늘을 빙빙

가을빛에 붉은 열매가 한결 곱다

아쉬움은 더 큰 즐거움을 위한 고통

열매 대신 행복을 가슴에 듬뿍 담았다

묵시默示와 웅변雄辯

작열하는 태양 아래

독수리의 느긋한 비상은

가여운 죽음을 알리는 묵시默示

기인 숨소리는

한恨이 어린

마지막 저항

핏기 어린 빨간 부리는

한 생명의 사망을 알리는

포식자의 잔인한 웅변雄辯

솔직한 변명

솔직히 말하면
봉우리를 오를 수 없어
아예 돌아서 갔고
상대를 넘어설 수가 없기에
차라리 가까이하였다
이룰 수 없음을 알면서도
의지라는 이름으로
소진하지도 않았다
패자의 비참함을 알기에
예서 멈출 줄을 알았다
억지로 안 되는 운명
그래도 맞춰야 할 퍼즐은
한 발짝 뒤에서
비판 없이 관조하는 즐거움

어머니의 비가悲歌

언제나 그 시간이 되면 어김없이

어머니는 힘든 걸음을 떼고 갯가에 나앉아

짙푸른 바다를 미움으로 응시하며

하나 남은 아들을 마냥 기다린다

시간이 흐를수록 더 가슴에 이는 건

작은아들보다 파도에 져간 큰아들이다

반가운 만큼 커지는 슬픔에

무거운 정적靜寂이 한동안 흐르다

너울 소리에 놀라 얼른 눈을 뜨면

아직껏 배가 보이지 않아

커지는 근심에 가슴이 섬뜩해진다

마침내 노을 진 포구에 아들이 내리면

일부러 크게 야단치는 소리는

풍랑에 잃어버린 얼굴을

더 이상 건드리지 말라는 뜻일 터

섬에 사는 어머니의 비가에

해당화가 진다

경계 너머 '나'를 찾아가는 끝없는 여정

정찬일(시인)

경계 너머 '나'를 찾아가는 끝없는 여정

어떤 것이든, 어떤 곳이든 경계는 존재한다. 이 경계는 시공간적인 개념일 수도 있으며, 시공간을 떠난 심리적인 개념일 수도 있다. 어쩌면 문학의 오래된 개념일 수도 있다. 그리고 '우리'와 '나'는 그 경계 앞에서 오랫동안 머뭇거리며 서성거린다. 그 경계는 나 스스로 정한 것일 수도 있으며, 내가 아닌 타자가 의도적으로 만든 것일 수도 있고, 시대적 상황이 만든 것일 수도 있다. '우리' 혹은 '나'라는 존재가 항상 그 경계 앞에서 서성거리는 것은 그 경계가 많은 것을 품고 있거나 일정 부분 진실을 감추고 있기 때문이다. 그래서 경계는 우리가 쉽게 판별할 수 없는 수많은 가면으로 가려져 있다고 볼 수 있다.

서로 다른 금단의 선

이념이 그은

철조망을 넘으니

자유인이 되고

신이 정한

금줄을 넘었더니

한 쌍이 되었다

- 「금단禁斷의 선線」 전문

　시집 첫 장에 실린 이 짧은 시는 시집 『고양이만 몰랐다』 의 서시序詩와 같다. 고문현 시인은 이 짧은 시에, 앞으로 펼쳐질 많은 것들을 담아 놓고 있다. 시인은 자신 앞에 운명처럼 아니면 일상적으로 놓인 이 경계의 선을 '금단의 선' 혹은 '금줄'이라고 말한다. 그런데 이 금단의 선은 '나'라는 존재의 의미를 가로막는 "이념이 그은/ 철조망"이다. 내 존재로 나아가거나 '나'의 참모습을 찾기 위해서는 반드시 넘어야 하고 극복해야만 하는 경계인 것이다. 이러한 경계는 앞에서 얘기했듯이 보이는 것일 수도 있고 눈에 보이지 않는 심리적인 것일 수도 있다. 어쩌면 시인 스스로 만든 경계일 수도 있다. 이 경계를 넘어야만 진정한 '자유인'이 될 수 있다. 이러한 추상적인 생각은 다음 시에서 좀 더 구체화되어 나타난다.

목에 반짝이는 펜던트 한 저 귀족 고양이 길을 잃었나,

버려졌나.

울담 넘어 이집 저집 돌아다녀 보아도

집이며 사람이며 친숙한 게 하나도 없다, 라고 쓴다.

그리고 나, 라고 읽는다.

오줌 냄새도 없으니

영역을 잃어버린 멸족 왕가의 황태자, 라고 쓴다.

그리고 나, 라고 읽는다.

쥐 잡을 줄도 모르고 애완동물 먹이 가게 앞에서만 진종일 서성거려도

아는 체하는 이 아무도 없다, 라고 쓴다.

그리고 나, 라고 읽는다.

카네이션마저 달아주던

그 주인의 품 안엔 갖고 놀다 버려질 또 다른 고양이 안겨있네, 라고 쓴다.

그리고 나, 라고 읽는다.

먹구름 밀려올 훗날도 모르고 잠든 고양이

뒹구는 폐건전지처럼 언제부터 고양이가 소모품이 되었나.

재롱떨며 함께 걷던 산책로를 홀로 헤맨다, 라고 쓴다.

그리고 나, 라고 읽는다.

사람의 얼굴이 두 개인 것을

고양이만 몰랐다.

-「고양이만 몰랐다」 부분

'나'라는 존재는 그 어느 실체보다 '자신'의 존재에 대해 망각하기 쉬운 존재이다. 다른 존재가 아닌 자신의 모습을 지

속하려고 하면 어느새 '나'는 '나의 정형된 존재'에 갇히게 되고 사물화되기 쉽다. 나의 경계 속에 내가 갇히게 되는 것이다. 그래서 '나'라는 존재가 보통명사인 '나'로 정형화되지 않기 위해서는 '나'를 건너가야 하고, 고유명사인 '나'를 다시 소환하기 위해 부단히 노력해야만 한다.

인용한 시 「고양이만 몰랐다」에서 화자는 길을 잃었거나, 버려진 고양이 한 마리에 주목한다. 목에 반짝이는 펜던트 한 귀족처럼 보이는 고양이, 집이며 사람이며 친숙한 게 하나도 없어 보이는 고양이, 영역을 잃어버린 멸족 왕가의 황태자처럼 보이는 고양이, 먹구름 밀려올 훗날도 모르고 잠든 고양이, 뒹구는 폐건전지처럼 소모품이 되어 버린 고양이, 홀로 헤매는 고양이의 모습에 시선을 모은다. 이 고양의 모든 관형어는 사실 정형화된 '나'의 모습이다. 경계에 갇힌, '자유인'과 대척점에 서 있는 '나'의 모습인 것이다. 이 시의 화자는 그런 고양이의 모습을 보면서 '나'의 모습에 주목한다. 그래서 "사람의 얼굴이 두 개인 것을/ 고양이만 몰랐다."라는 구절은 두 가지 의미로 읽힌다. 표면적으로는 자신이 좋아할 때는 황제처럼, 귀족처럼 여겼던 인간의 모습을 말하고 있지만 기실 시인이 말하고자 하는 바는 자신의 현재 모습을 망각한 자신의 모습에 대해서 말하고 있다고 볼 수 있다. 즉, 시인은 길거리에서 서성거리고 있는 고양이의 모습에서 현재 자신의 모습을 깨닫고 고유명사인 '나'를 본질적인 '나'에게로 소환하고 있는 것이다.

이러한 자신의 모습을 소환하는 시인의 모습은 다음 시에서도 드러난다.

홀로 남은 홍엽紅葉 하나

가을바람에 흐느끼는 날이면

한 줄의 손글씨에

고스란히 묻어나는 그리움

포근히 녹이려

목소리 고운 새를 길렀더니

노래는 아니 하고

눈물 없는

처절한 울음이

너무나 속상하여

새장 문을 열고서야

새는 나무에서

노래하는 줄을 알았다

- 「새는 나무에서 노래한다」 전문

금단의 선, 이념이 그은 철조망인 경계를 넘었을 때 비로소 자유를 가진 '나'를 만날 수 있듯이, 시 「새는 나무에서 노래한다」에서 시인은 새조차 자유가 없는 새장에서는 노래가 아닌 처절한 울음으로 들린다는 것을 깨닫는다. 시인은 새장 문을 열고 새를 새장이라는 경계 너머로 놓아줬을 때에야 비로소 울음이 노래가 되는 진실을 깨닫는다.

　고문현 시인은 경계 너머의 '나'의 본질을, 시「금단禁斷의
선線」에 못 박아 놓았듯이 '자유'로운 존재로 귀결시킨다. 그
래서 새장 속의 새에게조차 새장 밖이라는 자유를 허락한
다. 자유를 가진 존재여야만 새는 울음이 아닌 노래를 하는
새로 소환되기 때문이다. 경계를 넘어 자신의 존재를 찾는
여정은 반드시 어떤 공간이나 의식을 넘어서는 방법만 있는
것이 아니라, 가끔 자신이 처한 상황과 단절시킴으로써 얻
기도 한다.

　　뱅글뱅글 바람개비

　　돌고 도는 입방아

　　바람 없이도 잘도 돈다

　　고장난 소리가

　　하도 시끄러워

　　닳은 귀를 막으니

　　부르는 소리가 없어

　　혼자가 되었다

-「입방아」 전문

　시「입방아」에서 화자는 바람 없이도 뱅글뱅글 도는 '입방
아', 고장 나고 자신의 본질에서 멀어진 입방아가 하도 듣기
싫어서 귀를 막는다. 기실 내 앞에 놓인 경계를 넘어 본질의

'나'를 찾아갈 수도 있지만, 가끔 눈 버리고 귀를 혼란하게 하는 소리에 귀를 닫는 것 또한 '나'를 찾아갈 수 있는 현명한 방법의 하나가 될 수도 있기 때문이다. 그때 본질적 자아를 가진 나로 '혼자'가 될 수 있기 때문이다.

*

시 「금단禁斷의 선線」의 후반부에 "신이 정한/ 금줄을 넘었더니/ 한 쌍이 되었다"라는 구절에 주목한다. 짧은 시이지만 전반부는 개인의 본질에 대한 시인의 생각이 나타나 있다면, 시 후반부는 개인을 넘어 공동체에 대한 시인의 생각을 드러냈다고 볼 수 있다. 어떤 행위를 금하거나 어떤 구역에 드나들지 못하도록 막는 경계를 넘었을 때 자유로운 자신의 본질에 닿을 수 있고 찾을 수 있듯이, 공동체 또한 신神이 정한 '금줄'을 넘었을 때 비로소 '한 쌍'이 될 수 있다고 시인은 말한다. '자유인'이 개인의 영역이라면 '한 쌍'이란 공동의 영역을 가진 개념이다.

한 개인의 본질을 찾는 데도 가면을 쓰고 있거나 숨기고 있는 많은 경계를 끊임없이 넘어야 하듯이, 진실된 공동체의 모습을 찾는 데도 가면을 쓰고 있거나 숨기고 있는 많은 경계를 끊임없이 넘어야 한다고 생각한다고 생각한다. 시인은 그 경계를 '금줄'이라고 말한다.

금줄은 원래 부정한 것의 침범이나 접근을 막기 위하여

문이나 길 어귀에 건너질러 매거나 신성한 대상물에 매는 새끼줄이다. 아이를 낳았을 때, 장 담글 때, 잡병을 쫓고자 할 때, 신성 영역을 나타내고자 할 때 사용하는 말이다. 하지만 이 시에서 '금줄'은 공동체의 모습을 이루기 위해 넘어야만 하는 경계를 의미한다.

이 금줄의 경계는 인간의 이념이 그어놓은 경계가 아니라 신이 그어놓은 경계이기에 그 무게감이 더하다. 고문현 시인은 시집 『고양이만 몰랐다』에서 꽤 많은 시편을 자신이 바라고 원하는 공동체의 모습에 대해 할애했다. 그러면 함께하는 공동체의 모습을 가로막는 경계들은 무엇일까? 또 이 경계를 뛰어넘기 위해서는 어떻게 해야 하는가? 고문현 시인은 자신이 몸담고 살아가는 이 사회를 질서보다는 무질서인 카오스의 시대로 규정한다.

신성한 정의를 지키기 위하여

탐욕의 눈을 가리고

풍정을 멀리해야 함에도

세사에 현혹되어

테미스가 눈을 뜨자

저울추가 오락가락하고

음모가 난무하는

카오스의 시대를

저항 없이 살아야 하는

선한 자의 눈 감은 양심을

울리는 목탁 소리

"에 푸르 시 무오베"

정의는 죽어도

진리는 살아있다

- 「카오스의 시대」 전문

고문현 시인이 가지고 있는 우리 사회의 모습은 근본적으로 부정적이다. "음모가 난무하는/ 카오스의 시대"이다. 정의가 이미 죽은 시대임에도 불구하고 시인은 그 소망의 끈을 놓지 않는다. 인간이 만들어 놓은 정의가 죽었어도 진리는 살아있다고 시인은 믿는다. 우리가 살아가는 공동체와 역사에 대한 심정을 한국전쟁의 비극을 담은 「에피타프 epitaph」를 시작으로 「역사歷史의 시원始原」, 「소녀상小女像」, 「침묵의 정계비」, 「망자의 넋」, 「늙은 실향민의 퍼포먼스」, 「광장의 바람」, 「무덤에 뜬 별」, 「태극기와 촛불」, 「선열 선혈」 등 많은 시편을 통해 피력하고 있다. 시인은 이 카오스로 범람하는 시대의 매듭을 푸는 심정을 다음 시를 통해 노래한다.

바벨탑이 멀쩡하게 서 있다

언제부터인가

언어가 같아도

말이 안 통한다

서로서로 마주하는 삽질로

꽉 막힌 장벽을 뚫었더니

언어와 말이 소통된다

엉킨 실타래의 매듭이 보인다

- 「수난受難의 바벨탑」 전문

　고문현 시인은 '나'의 본질을 찾아가기 위해서는 많은 것을 숨긴 채 가면을 쓴 경계를 넘어야 하듯, '우리' 사이를 막고 있는 또 다른 경계, "꽉 막힌 장벽"을 넘기 위해서는 먼저 말이 서로 소통되어야 한다고 말한다. 소통이 이루어졌을 때에야 실타래처럼 엉킨 매듭을 볼 수 있고, 비로소 그 엉킨 매듭을 풀 수 있다는 것이다. 그때에야 '개인'만 존재하는 사회가 아닌 더불어 '한 쌍'으로 존재하는 사회가 된다는 것이다. 이러한 생각은 다음의 시에서도 반복해서 나타난다.

광장에 바람이 인다

부는 바람에

불이 꺼지기도 하지만

더 세게 일어나기도 한다

성난 바람에 맞서려 하지 말고

달래려 하라

정의의 바람 앞에 꼼수란 없다

-「광장의 바람」 전문

은총이든 벌이든

내려진 결과는 신성한 것

바라는 바이거나

바라는 바가 아니거나

이제 분노의 허들을 거두고

짙은 어둠을 지우자

반사의 빛이면 어떻고

발광의 빛이면 어떠리

너 나 우리는 충분히 필요한 사람

새로운 부활의 관건은

빛을 어떻게 얼마나 모을 수가

길은 단 하나

뜨거운 열기로 손을 맞잡고

고개 숙여 머리를 맞대는 것

과실은 빛과 땀으로 익는다

-「분노의 허들을 거두자」 전문

위 두 시에서 서로 맞서는 것이 능사가 아니라 서로 달래고 소통하며 경계를 넘어야 한다는 고문현 시인의 따뜻한 시선을 읽을 수 있다. 또한, 이러한 사회에 도달하기 위해서는 단지 말이나 언어로만 소통하기보다는 과실이 '빛과 땀'으로 익어가듯 소통에도 서로에 대한 '빛과 땀'이 필요할 것이다. 이러한 태도는 비단 공동체를 이루어 가는 데 적용될 뿐 아니라 자신의 본질을 찾아가는 '나'의 끊임없는 여정에도 똑같이 적용될 것이다.

　지금까지는 시집 『고양이만 몰랐다』의 서시序詩 격인 「금단禁斷의 선線」을 통해 '나'와 '공동체'의 본질을 찾아가는 시인의 관점을 살펴보았다.

　　*

　『고양이만 몰랐다』에 실린 모든 시들이 모두 경직된 해설의 문장처럼 딱딱하다거나 정색된 표정을 짓는다거나, 시적 정서가 메마른 시들만 실린 것은 아니다. 오히려 말랑말랑한 그리움의 시들로 넘쳐난다.

　　남자의 미소가 세상을 밝히는
　　빛이라면
　　여자의 미소는 생명력을 불어넣는
　　열기다
　　빛이 없는 세상은 공포의 도가니요
　　온기 없는 생물은 이미 주검이다
　　빛과 열기는

합치면 무한 에너지요

나뉘면 파멸의 씨앗이다

빛과 열기

남과 여는

주께서 특별히 신경 쓰신 피조물이며

미소는 천국으로 드는 패스워드다

-「미소는 행복의 패스워드」 전문

　우리가 발을 담그고 살아가는 상황이 인용한 시 「미소는 행복의 패스워드」에 나오는 구절처럼 '공포의 도가니', '파멸의 씨앗'으로 가득하다면 얼마나 두렵고 재미가 없겠는가. 하지만 고문현 시인은 이런 '공포의 도가니', '파멸의 씨앗'의 대척점에 아주 사소한 '미소'라는 실체를 올려놓는다. 경계를 넘어 찾은 '나'와 '우리'는 그 자체로 완전한 결정체가 아니라 항상 살아 움직이고 변화하는 역동체이다. 시간의 흐름 속에서 모자라거나 부족한 것을 보충해서 온전하게 하는 대상인 것이다. 시인은 그 해결책, 즉 행복의 키워드를 아주 사소한 '미소', 소리 없이 웃는 모습 속에서 찾는다. 시인에 따르면 "남자의 미소가 세상을 밝히는/ 빛이라면/ 여자의 미소는 생명력을 불어넣는/ 열기다"라고 노래한다. 우리는 세상을 밝히는 것이, 생명을 불어넣는 것의 정체가 '미소'라고 했을 때 잠시 당황스러움에 빠지게 된다. 하지만 세상을 움직이는 것이, 자신이 속한 사회를 움직이는 것이, 생명력

있는 한 가정을 움직이는 것이, 그리고 한 개인의 존재를 움직이는 출발점이 되는 것이 '미소' 같은 사소한 것임을 곧 깨닫게 된다. 생명이 없는 것 같은 존재와 그리고 나와 너, 그리고 더 큰 단위의 공동체나 사회, 세상에 생명력을 불어넣는 '미소'가 아닐 아무런 이유가 없는 것이다. 시집 『고양이만 몰랐다』에 등장하는 화자들은 자신과 공동체의 모습을 찾기 위해 끊임없이 경계를 넘나드는 엄격한 존재이면서도, 심란한 마음으로 밤을 뒤척이며 불면의 밤을 건너는 존재이기도 하며,

페북에 뜬 얼굴이

밤 깊도록

떠날 줄을 모르니

환상幻像에 시달리는 불면의 밤

댓글이 밤을 건너

과거로 유인하면

때 묻은 쪽지에

삐뚤삐뚤 쓰인 글 한 줄

미안해요 어쩔 수가…

생생한 환영幻影에

문득 영혼이 멈춘다

애써 잊으려 하지만

기어이 눌어붙어

잔잔한 달빛에도

가슴에 너울 이는

심란한 밤이다

- 「불면의 밤」 전문

　원초적 본능에 흔들리는 존재이기도 하다. "축제의 밤이
깊어 갈수록/ 색다른 분위기를 연출하는/ 빠른 춤곡이 분위
기를 달구면/ 감성을 휘젓는 미묘한 흥분에/ 엉덩이를 살짝
흔들고 싶은 충동은/ 원초적 본능/ 낯선 남자의 부탁은/ 아
닌 줄을 알면서도/ 절레절레 대신 머뭇머뭇/ 어정쩡한 대답
이 만든/ 긴장의 서막에/ 흔들리는 인생"(「곤란한 눈짓」)을 살
아간다. 그리고 "타락의 밤을 기다리는 몽상가"가 되기도 한
다고 노래한다.

밤이 열리던 날

당신의 눈빛이 너무 뜨거워

어쩔 수가 없었다

쉽게 다가오지 말라는 새침은

오히려 사랑을 부르는 절규

헤어날 수 없는 위험한 쾌락에

격렬해지는 사랑의 희열

밤의 한기에 고독이 짙어질수록

수줍게 하는 사랑의 표시

함부로 괴롭히지 말라는 말은

황홀한 유혹의 허영

달이 지는 고통에도

사랑은 번민하는 기쁨이다

악마의 육체에 빠져

지옥에 간 목자

타락의 밤을 기다리는

행복한 몽상가가 되었다

- 「사랑의 담론 2」 전문

　고문현 시인은 이렇게 "허물어진 맹세에/ 순결은 고이 지고/ 흘린 눈물은/ 꽃으로 피어나서도/ 소녀의 꽃말은/ 당신을 믿습니다"(「소녀의 꽃말」)라고 노래하는 말랑말랑한 감성을 지닌 사람이면서도, 세상 한편에서 "정의의 끝을 보면서 얼룩진 양심에 까만 리본을 달자"라고 엄중하게 자기를 성찰하고, "약속의 날이 어둠에 잃을까/ 믿음이 흔들립니다"(「약속의 날」)라고 흔들리는 믿음 속에서 심지 곧은 나이테로 믿음을 지켜가는 존재이다. 새장 밖 나무에서 자유롭게 노래하는 시인의 모습을 앞으로도 계속 보고 싶다.

「아내에게 바치는 연가」를 읽으며 이 글을 마친다.

꽃밭 속의 꽃이 하도 고와

얼른 꺾고 보니

아내의 얼굴

대소한에도 몹시 뜨거워

무심코 손대 보면

아내의 사랑

긴 기다림을 깨우는

컬러링보다 더 사뭇 반가워

엉겁결에 돌아다보아도

아내의 목소리

사랑한다 고맙다는 말은

너무나도 부족하여

십자가 앞에 두 손 모아

감사의 기도를 올린다

- 「아내에게 바치는 연가」 전문